AF258528

9 781797 989969